杨庆祥,80后,当代诗人。出版有诗集《我选择哭泣和爱你》《这些年,在人间》,英文诗集 *I Choose to Cry and Love You*. 现居北京。

世界等于零

杨庆祥 著
上海文艺出版社

目 录

疫的 7 次方	001
思无邪	007
我珍爱三种人	009
最高级的爱	010
哀歌	011
当我不能爱的时候	019
阿斯维加斯一夜	020
我们在此等待病树开花	022
九月的第一首情诗	023
我现在是落叶和风	024
一株从梦中递来的罂粟花	025
旗手在远途	026
时代病	028
她说活着就是让人后悔	029
黄昏的起义	030
瓷娃娃	031
一代人	032
假装有很多人在想念你	033

我想拥有一杆长筒猎枪	034
我特意改签机票回北京等下雪	035
我从来没有给母亲写过信	037
十六岁	039
万物都忠于自己的灵魂	040
我本来以为这就是我的一生	041
他对自我实现毫无兴趣	043
清平调	044
给母亲的一封信	045
还是给她发条晚安的微信吧	047
在这样的时代我早已疲倦	049
一些花朵的碎片无助地挂在枝头	050
那是以前未曾想过的	051
我已经不能享受这孤独的春夜了吗	052
请菩萨慈航，轻轻抱我	053
在岘港看见一群人面对大海喝酒	054
夏天来了，你要抱一抱我	056
一边唱一边将未来埋葬	058
不如爱她	060
结局	061
信仰	063

世界等于零	065
敦煌截句	067
青岛截句	069
鼓浪屿截句	071
大运河截句	073
邯郸截句	075
我回家的时候你不在	077
相见欢	078
给一个没有名字的雪人	079
我唯一确定的	081
戊戌年遇小雪有感	083
切·格瓦拉	085
旧账如盐	086
少年Chey的平常之旅	087
芒果认识论	089
水的认识论	091
夜宿英德九州驿站遇雨	093
望梵净山不登有感	095
中元奇观	097
末法时代抒怀	099
"让美玉安卧于王冠"	101

好好	102
牛油果的剩余价值	103
人脸	104
欧洲之心	105
重瞳	109
我来迟了	110
爱在卢布尔雅那	111
这里是华沙	112
大海从来就不屑于成为一个人	113
无数次你请求的爱	114
我反复点燃雪	116
预言 1999	117
我们各有所属	118
纪念碑	119
歧途	120
看《流浪地球》遇大雪有感	121
远征	122
所有的事物都还在	123
我回来看一眼就走	124
那时候我也经常难过	126
我在我们的血里	128

自画像 129

好像是不真的 130

我在西夏数羊 131

我把你也给你 132

分裂之爱 133

清明节我在北京 134

祭奠之前 135

我如果打马过西山 136

饮冰第一 137

饮冰第二 138

饮冰第三 139

饮冰第四 140

饮冰第五 142

饮冰第六 143

饮冰第七 144

饮冰第八 145

饮冰第九 146

饮冰第十 147

做一个归乡的梦然后哭了 148

尘世间的事 149

荷的时代性 151

荷祭	153
黄金时代结束了	154
我在万物的腐朽中	156
羞愧	157
久违了	158
大首领	159
现代聊斋志	160
2019年的奇迹	162
王冠	164
蓝	165
箴	166
壶口墓志铭	167
我拥有的	168
给你我的心去活	169
从零到零的诗歌曲线	170

疫的 7 次方

疫 [1]

如今不可吻你了
也不可牵手
也不可眉目传情

我用一阵剧烈的咳嗽惹你注目
幸好耳朵是细菌最后的屏障
似乎听见了

——"Don't touch me"
现在只剩下空的坟墓
等待无穷的人类填充

"你有你的一颗红肺
我有我的两手准备"

疫 [2]

肺是生死的袖章
它必须是红的

"即使无人区也要佩戴口罩"
"猫与狗除外"
"蔬菜和水果除外"
"恒温的 Wi-Fi 除外"

"带菌的语言无孔不入!"
——"请严防死守!"
——"这是最高指示!"

疫 [3]

我在万达三楼成都小吃门口
碰见一个女孩
我们狠狠地盯着对方

——此刻如果我敢摘下口罩
她就一定敢和我热吻

我们各自打包了一份外卖走远
我点的是尖椒盖饭
她点的是麻辣米线

疫 4

为了惩罚你
请摘下口罩,咳嗽三次

为了拯救你
请摘下口罩,咳嗽三次

为了惩罚和拯救你
把我的红肺给你去活

你呀你呀
一颗莲花清瘟

你呀你呀
一粒阿莫西林

疫 [5]

现在一日三餐
是真正的恩典了

现在口罩、酒精、体温计
是真正的恩典了

现在醒来看到老人和孩子
睡前收到友人的微信
都是真正的恩典了

"我曾爱过你们"
"现在却是你们的时候"
——"邪魔掌权了"

疫 6

现在我们玩吻别的游戏
"优美的尸体在吸氧"

每一个因此而亡的
都是我的亲人

写信给她:
不要爱这个世界
不要从天国原路返回

疫 7

肺是空的
挣扎了良久

不知道在担心什么
一直在担心

一直在等一个停止

然后安静了

一天有一天的难

一生有一生的

"请给她吸一口偷来的氧"

思无邪

很多人饱
我用饿爱你

很多人瘦
我用胖爱你

很多人沉睡
我用失眠爱你

很多人笑
我用忧愁爱你

你有一张多么好看的脸
我用一张不好看的脸爱你

很多人成功了
我用失败爱你

夜晚的榴莲清晨的芒果耳旁的清风
枝头的春花秋月碎碎念念

我因为爱你而太过失败我用所有事物的反面求证
我爱的深寒孤绝亲爱的晚上一起吃点好吃的吧

我珍爱三种人

我珍爱三种人：
吻我的，陪我哭的，给我买马卡龙的
我厌弃三种人：
撒谎且不脸红的，假笑的，和所有人打成一片的

最高级的爱

凡是向神索取的人
神都会弃他如一阵风

最高级的爱是不打扰
在流云中将恩歌轻诵

哀歌（组诗）

（一）

这反复的不忠毁灭了你吗？
故人的信就在枕边，故人不见了。

我用方言将你阅读。要将情欲的烈焰在暴雨中
浇灭，只怕适得其反。

你要我们禁言，我们反而要说。你要我们隐身，
我们反而显现。

君父，这人世间的奇珍莫过于一场善意的深爱。
——信吧

请在夜色中脱下你的冠冕，将权杖化为绕指的蜜糖
啊，请在夜色中递给我们一份相爱的信笺

（二）
君父，我已收拾残简，等你发配。

第一杯酒是失望。第二杯是幻灭。
有一杯孤寒敬给这人间。

我本世家，却在鏖战中落荒。谁将降表写得
像情书，败北的消息一再降临。

我只好在街头撸串，哀告一根鸡翅的起义，
请胡椒作我的跟随。

我只好深藏这反叛的落魄。看江南春风又吹过
万古的白首，这是谁的菩萨心肠啊

我投降了一枚青草。又把王冠，挂在了柳树的
枝头。

（三）
君父，这王座是留给哪一个子嗣？
如果 GDP 继续居高不下，我只好把我的信
藏于暗室。

飞鸽传书，只等一杯酒的碎身。
你怕招摇的秘密被重新看见。

我只写我的信，我只爱我的爱。

这飘摇的日子多么需要一枚
定心的红丸。

即使僭越的信使来自罗马。警告你联盟已经形成，
请将你的降表，挂在希腊城下。

（四）
君父，四面歌声既起，
你的马首已经断北。

你用一场直播收复失地。

站在手机的一侧眺望,用连续的
点击,和未来游戏。

送礼物的,不是朋友就是敌人。送刀枪的在背后。
所以你不要回头。君父啊,不要回头,瞄准
大使馆的炸弹正在半路。

你偷咽一口甜食。马踏飞燕,异见者的头颅悬于
砧板。又有秘密的档案,放进焚尸的熔炉。

一个商业和网红结盟的国度是没有希望的。

君父,请自瞎双目。将玉玺和疆图,
埋进互联网的乳沟。

(五)
君父,真相终于大白了,谎言的尸体还需要激活
新一轮的广播机器吗?你昭然若揭的猫,滚了床单。

它一定看到了木偶曾经的跳舞。瞳孔因为扭曲的

脚步
而色变。你的盛怒,不过是无力的垂涎。

权符再也无法校准滑坡的人性。每一个数字都是一枚
针管,抽空了纯洁的真知。一具发旧的皮囊。没有人爱。

如此你怎能责怪忠臣的变节,白马的断尾,蜻蜓的折翅。
你的归途是渡口。掌纹似水波。君父。

如果你仅仅是长袖善舞。又把哭泣视为洪水。你会
错过重生。帝国放不下你的庙。

你哀告过的不朽残余。如今只剩旗帜破旧。遮不住
细纹密布的脸。

(六)
君父,昨夜是否好眠?内廷的精神科总不能
公诸于世,群众不知道你吃的是哪一味药。

如今他们重要了,用表情包就可以冲锋陷阵。
你的虎符空挂玉佩,交给谁?

越来越假。越来越蠢。越来越萌。
这中间的逻辑曲折,需要一个王朝的毁灭才能证明。

他们传说你已离世,那王座上不过是另一具僵尸。
请问君父,是谁的想象如此贫瘠,竟无法理解
不朽的真身。

我理解。君父,万世的师表不仅是一串节日的修辞。
诞辰和忌日是族谱的基因。你没有死。

你还在高高的城楼上看护。内廷的太医,正奉上
长生不老的秘诀。

(七)
君父,小山重叠了,秋葵在锅里热身。此时的月亮曾
挂在别人的窗户。你管不住月光的普遍性,这是
伟大的真理。

开心果、松子和意大利冰酒。朝贡的体系一直没有中断,
食物偏安,君父,你终究是一个农民,虽然你深谙辨证法,
又用新媒体传播主义。

三更就该移步起驾。你的宫娥在淘宝上剁手，然后把
幽怨的眼神，换算成历史的痛苦。谁知道你的付出？
为了复仇的大业，你已然吞下苦胆。不过是再秘密地宣誓，
期待星火燎原。

那些乌鸦不能懂你，虽然它们看过三代的兴替。它们不能理解
你为何在地铁上跳舞。君父啊，请在钢轨上舞蹈，并将这苦心
捧出，盖上万岁的烙印。

然后，请您安歇，头枕明月，背靠清风。

（八）
他们可以不走的。君父。这瓦砾一样的遗弃，
柴禾一样的灰烬，这冷风中瑟瑟发抖的芦苇。

他们面目黝黑，是因为尘土遮颜；他们双手粗糙，
是因为石头锋利；他们勒紧腰带，是因为
有太多的嘴需要喂饱。

君父,您的妒火是否过激?是否盛世的药丸依然不能
治愈你彻夜的不眠?当你的娇儿在榻前玩弄可爱的
陀螺,你打了一个长长的呵欠,你没有听到遥远的啼哭?

他们哭倒的是帝国的庙宇啊

你把纸上的词重新塞进火。你把火重新冰冻为词。
您的奴才在词中狡辩,你把承诺归零。好冷啊!君父!
硬盘又坏了一次,这技术的治疗总是迟了一步。

他们在空空的街头哭倒的是帝国的版图

君父,你果然不顾法镜高悬,照出人类的良心凶恶?
而罗马跑过来的幽灵,在你长长的呵欠里,看到了
一副溃烂的内心。

当我不能爱的时候

当我不能爱的时候
我就坐在水边看山

当我不能爱的时候
我就饮鸩露为甘泉
我就秉昙花以夜游

当我不能爱
我就坐在菩萨的法眼里
我问自己

是不妩媚了吗
还是风尘磨损了深情？

阿斯维加斯一夜

那些被丢弃的。骰子。
在骆驼刺尖跳舞。
夜色如水,1号公路通向遥远星球
我们是暂居。

但还是看到了故乡的原貌
炎热熟悉如羚羊的臀部。
没有人开口说话。我们沉默是
因为主在下一盘大棋。

缓缓上升了:奴隶、国王
和无名的游戏
与此相反的不是下降,是展开
是片段

沙漠圆而多籽

不可知的手枪赦免罪行

男人和女人们欢饮达旦

主啊,多么伟大的真理

多么荒芜……

我们在此等待病树开花

我们在此等待病树开花
我们在此等待死水扬波
伤心治愈了绿
亭台反转了酸风

有一长串淫词秽语的珐琅挂在过去的窗口
有一长串淫词秽语的珐琅挂在未来的窗口
过去一直醒着
未来一直睡着

纵火的人还没有诞生
过去和未来
在淫词秽语里成为同代人

九月的第一首情诗

我在词的缝隙中找你
水仙的平面镜空空,流过
光的蜜蕊

几乎忘记了有一个人类
我在你背后插树成荫,谁的秘密就是
相恋。几乎没有包裹火的纸。

而翻滚的不是铁锅里的海
楼台的风暴旋转了后悔
我找到你也不懂鲸鱼的眼泪

请把夜光之杯盛于美酒吧
少女的酥胸是遥远之日的约定
我们还在死

我们还在死里有一个再生——

我现在是落叶和风

我受过罪了
现在要变成落叶和风

林中的小兽爱我
天光微亮,山鸟歌唱
露珠璀璨如谜

我和众人握手
我爱他们
美或者不美

如果没有人
我就左手握右手
我就爱菩萨爱自己

我受过罪了
我现在是落叶和风

一株从梦中递来的罂粟花

一株从梦中递来的罂粟花
菱镜中的素手如盐
坚果之核已碎

——这些聚散的多边形碎片
你在黄昏将拥有一块
在凌晨会融化
你在前生曾拥有一块
如今只能无望地怀念

这些空。流水。罂粟之风。
从梦中递来的梦
心中之心

旗手在远途

黑暗,我怕。
紫色的星辰在乳房
我们浮游过黏稠的天河

虚无,我怕。
漫长的时日坚固着厌倦的云彩
从她五色的唇膏里掉出流浪的雌虫

孤独,我怕。
牛油果的膏体涂满玻璃器皿的纹路
一个早晨总是被守旧的问候击碎

谁比谁更速朽?
被卷走的烟花、地图和幕后的马
我怕再也找不到存在的大旗

当时的月光还在
我的怕不是怕
它是旗手在人间远途

时代病

清晨,绿色的空气下沙
我啃一枚隔夜的苹果冰凉

躲在牛奶里造梦的人醒来就哭
谁把失眠的肖像刻在了爱人的心上

在早已铺开的宽大餐桌前
空无一人像事先的约定

人们赞美,咀嚼空洞和剩余
贫瘠的声音穿透了心的坚冰

她说活着就是让人后悔

她妙曼的腹腔是黄昏的樱桃
一树金黄的长发垂直于细腰
我在——

这又将是一次无望
星辰飞旋,停留在地铁的尾部
她说活着就是如此

如此多的人和如此多的六边形
如此多的尘埃污染着我少年的脸

请允许我清洁
不用水,用泪
请允许我在这落日的忘川之中后悔

因为活着就是让人如此流泪如此后悔

黄昏的起义

甬道远远
虫蛾的飞舞是一次方程式的证明
爱要在虚无中建筑起立体

没有人在风中起义
也没有人可以祝福失败的黄昏
这复辟的,古老的权柄

瓷娃娃

瓷娃娃，黑暗开始布道了
一勺山药粉，保护着肺

有些东西开始烂掉
反正谁也看不见，在雾霾里
你的胴体埋在白色的口罩

现在是正午，大麻在燃烧
可是我们的生活什么也看不见
你不要戴口罩来摸索我
我求你

我恐惧这正午的黑暗
所有人都消失了
瓷娃娃，我只想问你一句

——最后的晚餐几点开始？

一代人

大地的暗色苔藓在祖国的皮肤上成群绽放
同时代的人们又在酒精的鼓励下咒骂不存在的父亲
我在他们中沉默如阴影

然而,父亲已经死了,母亲正在死去,
我也将紧随其后。尸体在冰凉的晚风中挂在枝头燃烧红色的灯笼。

我睡过的土地,我游过的湖泊,我不能触摸的无形的爱人图谱。
是什么样的悲伤吹动遥远的旗?
是什么样的旗卷走了什么样的风?

盲目的祖国龙为我点亮灯它意欲在祖先的悲风中
痛哭一场
而我们,我们呀——
失去了眼睛的时刻就是失去了敌人和爱人的时刻啊

假装有很多人在想念你

假装有很多人在想念你
假装有很多人不睡
等雪花,把冰之心带给你
还有一副枫叶的手套

假装那是晚上,夜话围炉
森林温柔地呢喃
有很多人假装迷路
为了找到你

假装很多人相遇相爱
很多人找到很多个你
假装他们都哭了
他们许诺不会离开你

我想拥有一杆长筒猎枪

小时候我家里有一杆长筒猎枪
那是父亲用来打兔子的
他偶尔也用来吓唬那些坏人
让他们从我家门前路过时脚步放轻

后来兔子越来越少了
后来坏人越来越多了
有一段时间父亲整夜不睡
他一边擦枪一边喝酒一边打呵欠

他向那些消失了的兔子打了一枪
他向那些汹涌而来的恶霸们打了一枪
他最后一枪穿过我们美丽的村庄和田野
——不知去向

那些随风散去的火药和子弹啊
我真想拥有一杆父亲那样的长筒猎枪

我特意改签机票回北京等下雪

这些旧衣服上的,齿痕
好像是去年的雪花
等待过的光阴在肩上
妈妈在厨房里

新家的焰火起于一场盛开的沸水
阳台可见远山,转角的卧室躺于手掌
宝贝,过往是过往,而现时
我要去寒冷的北方

不是我不热爱温暖,当早茶的雾气
覆盖双唇,一道碧绿的青菜唤醒方言
我知道我必须少说多行
我在蔬果的献祭里年华不再

宝贝,请让我注视你的深爱
——过往还是过往
雪花落在肩上
我又等了一年

我从来没有给母亲写过信

我从来没有给母亲写过信
在她少女的时候没有
在她恋爱的时候没有
在她生我的时候也没有

如今她老了
她打开抽屉
数数有几封信是父亲写的
有几封信是别的男人和别的女人

还有几封是她自己写给自己

我从来没有给她写过信
在我年少时没有
在我牵手另一个女人时没有
在我快要失去她时没有

她等过多么短暂幸福的一天
她等过多么漫长孤寂的一生

十六岁

白衬衫的污渍是唇彩的倒影
递来的雨伞撑满下课的钟声
你听……

我说妈妈
有一个人的怀抱比你更暖
她的嘴唇有奇异果树
她住在马卡龙的家里

你听……你听啊——
自行车的铃铛正斜滚过青青小径
她的海军蓝
她把发梢咬在嘴里跳芭蕾舞

我们跳,我们听
仿佛是十六岁的傍晚
她轻轻地,勾住我的一根手指

万物都忠于自己的灵魂

这些事不可回避:
在人世求生,在尘世求福
在今生求爱。

而我只愿意:
用手求手,用唇求唇。
我只愿意用心求取一滴蜜。

我自知一切所求皆空,
但我沉醉。
因为万物都忠于自己的灵魂。

我本来以为这就是我的一生

我曾经踩过雨后的土地
以及土地上的脚印

双生贝躺在细沙里
浪花将它亲吻

我本来准备在上面盖一座房子
隔窗就能听到四季的风

在夜里读读远方的书
又有对岸的钟声把我叫醒

我哭过又擦干泪水
我爱过,在湖水的波心

我本来准备在月光下给你写一封长信
把心思,藏进傍晚的万物黄昏

我本来准备生儿育女,在树下讲故事
生前伺候稻田,死后湖山青青

我本来准备如此,本来以为
——这就是我的一生

他对自我实现毫无兴趣

他放弃了甜。
他否定了爱。
他将执着放在了水里。
恍惚。

一条鲸鱼放弃大海,一只贝壳放弃了泪,
一个春天放弃了花朵。而一颗心的坚冰,
心的坚冰已经放弃了人类的解冻。

他对自我实现毫无兴趣
他拒绝了意志
又把世界,放进了忘川的罂粟。

清平调

春风已过,芍药如愁容
五色的风马、荔枝和耳坠
星海的珍珠闪烁——

嗅到的荷花在纸上
雕栏、石拱桥和飞檐恍惚
没有泥土的国度是空虚的……

石头的露水依然是石头。
如果一切都预先注定——
胜利者必失败,上升者必下沉
深情者只能独自面壁。

那我究竟应该去哪里寻你?
伟大的美人。

给母亲的一封信

我一直想隐瞒,她读的书不多
中年以后,几乎不修饰自己
她也几乎不爱我和弟弟
她只爱父亲,经常大吵一架
然后又在黄昏一块散步

她说话声音越来越大。做菜放了
太多的盐。有时候会掉进一根头发,
花白的。我把它偷偷挑走
抬头笑着说:妈妈

我都这么大了其实我没有给她写过信
电话也很少
我们对彼此都没有要求

她从来不提自己年轻时的美貌
好像那是一件穿破了的衣裳

不过偶尔
她会要求我给她买一件漂亮的外套

她觉得会有很多人爱她的儿子
所以一直很放心
虽然事实并非如此,我还是会
笑着说:嗯,妈妈

有时候是在梦中
有时候
是在我恋人的耳旁

还是给她发条晚安的微信吧

他开始小声抽泣,就像花朵绽开蓓蕾
黑色的外套在沙发上
兜满了冬天的风

口香糖吐进垃圾桶,半瓶香水倒进洗漱池
他不再需要伪装。
一个年近四十的男人,就让衣服领子
破旧一点吧

他的哭声近乎呜咽。邻居大概不会听到。
他在一瞬间惊觉有人敲门,又明白其实只是
多余的风。
多年的洁净让他痛恨自己,甚至哭泣
都做不到鲁莽和冲动。

那一吻也许是错了,虽然想起来还有点甜。
旧钥匙在手里,锁眼已经被尘封。
这奇怪的配对原则,让爱的正义充满困惑。

山楂片。巴旦木。牛油果。西班牙火腿和
醪糟汤圆。鸡蛋剩下两个。他走进厨房，
抚摸每一件食物像抚摸灵魂。

如果不吃会腐烂。如果不爱呢？会坍塌如
一条破旧的抹布，一团揉碎的纸巾，一只沾满
菌斑的袜子吗？

他想起也许所有的男人都这样哭过。然后
颓然睡去。他决定向普通人学习，擦干泪水就
大睡一场。不过，还是先给她发条晚安的微信吧

在这样的时代我早已疲倦

我突然在鲤鱼的岭脊看见了时间的鬼脸。
一枚鲜橙溃败。石榴酒洒满歧途。

流过我们掌心的汗波
向光的阴影画眉——
年华的热度正在渐渐消退。

在这样的时代我早已疲倦。
当麦芒和心尖相遇
爱与美因凋谢而恐怖。

一些花朵的碎片无助地挂在枝头

一些花朵的碎片无助地挂在枝头
一些花朵现在飞向春天像旅人望见了孤帆

看见了花朵的春天是否就不会那么沉默
看见了大海的旅程是否就不会那么孤单

我看见一对恋人在树下窃窃私语,然后亲吻,
然后挥手告别,他们约定了再见的时间,是否
青春就会一尘不染

我看见我的衬衫沾满灰尘,两鬓的头发因宿醉而
苍茫,我将双手投向空阔,听到的回声不过是
飞鸟各投林,是否?

恩情转瞬即逝……

我也曾期盼。并将热爱你的誓言,写在
高高的树上。

那是以前未曾想过的

早起时想摘一朵野花给你
煎蛋在锅里。星宿微温。

那是以前没有想过的
可以一起看晨雾覆满邻人的屋顶
还听到宫殿的鸽哨,盘旋于我城。

烛光。杏仁。半熟的芝士。
我将藏了多年的刀叉摆起
你双眸澄碧而嘴唇美丽

铺满白雪的地有远人的脚印
前面的路似乎错了,一转身,
床单融化了冰

那是以前未曾想过的:
相爱在深寒,我们面容沉寂而心跳狂喜
在外面,故国的春天千疮百孔。

我已经不能享受这孤独的春夜了吗

我已经不能享受这孤独的春夜了吗？
晚花开在枝头，不，那也是菩萨的手掌
她现在用这手掌翻出一树新绿了

为什么不能跟随她的盛开驶入暗河？
忘记尘世的年纪。不过是活得忧伤。
以前说过的话，像花朵溺于忘川

我被这沸腾的欲望折磨良久。
不能再立誓、发愿、回梦了吗？
不能再在这苦心里长出崭新的莲子了吗？

哪有什么不朽啊——

如果不能在她的掌心立佛
也不能，像猫一样偎在她的膝头
看孤独的春夜渐渐被菩萨收走

请菩萨慈航,轻轻抱我

这降临的最后时刻,又迟到了吗?
树木中空,春草枯槁
你肩上的樱花,落寞极了

早起的日出和晚归的日落同属一物
为何颜色完全不同
你身上的每一滴泪,都是拯救的清露

吻错了谁?谁又在春天给你一份秋的诏书?
且把恩情轻诉了,且等我在海市蜃楼做梦
一场一场的空

谁有罪,谁就在落樱里哭了
谁又在摇摆的柳枝中窥见死亡的暗影
请把我埋葬在一阵突然的风中

谁敢审判?
只有菩萨慈航,轻轻抱我

在岘港看见一群人面对大海喝酒

一群人面对大海喝酒
喝金椰子,喝一颗星
以中年人居多
其中一个欧洲男子,有一圈漂亮的
络腮胡,面容忧郁若有所思
但眼神从没放过任何一个美女
无非是想勾搭一个姑娘一起看海聊人生

但哪有那么多人生可以闲聊
比如面前的海,从来就不觉得失意
也想不起要找一个伴侣过中产阶级的
所谓家庭生活

他把全部时间都用来吞吐江湖了

他一言不发我们也知道
走过的路太远见过的垃圾太多

被风暴刮过被巨鲸咬过

人来人往想起来也不过像飞鸟

衔走了一滴水

夏天来了,你要抱一抱我

夏天来了,你要抱一抱我
我兜里的硬币,正好够买一大杯啤酒
我们可以一起喝酒,醉了就躺在地上

有很多东西可以享受
天空,虽然没有星星
天桥,虽然贴满了小广告
很久以前这里有一个小提琴手
面带菜色神情落寞,
他在夜晚反复拉一首梁祝

如今我人到中年,坐在地上喝酒
用艾草洗头发,唱歌,抱一抱
所有不要钱的东西
抱一抱夏天,空气,水中的鱼
天上的鸟,消失的小提琴手

如果还有多余的硬币,就去买一盒避孕套
放在包里,虽然永远都用不着

一边唱一边将未来埋葬

请允许我随意躺下吧
热风凛冽,四时俱净
妈妈呀,这石头一样的人世时光

我一个人在北京城生活
早上不吃早餐,中午吃了一碗半熟的米饭
上课累了,我随意躺下
学生们正在朗诵祖国的篇章

他们来自不同的国家:哈萨克斯坦、亚美尼亚
韩国和日本,有一位捷克姑娘,穿着越南的衣裳
——我让他们唱自己的歌
他们唱,他们唱……

我不想好好吃饭,也不想好好睡觉
妈妈呀,我想棉花好好开放
青草好好成长。如今的岁月更是艰难。

妈妈呀,如今的岁月真是艰难
我让学生们选择未来
他们最后选择一边唱
一边将未来轻轻埋葬

不如爱她

而过经年,那荷叶的腰身为夏风倾倒了
高铁呼啸而过,竟也似一个世纪的乡音

渐蜕了听觉,如夏虫不可语冰,不可。
友人半年不见,第一面提醒脸部丰腴如佛首

几人把我忘记。几人在朋友圈发布厌食的信息
我知道你们不过吃得太饱又无法打嗝

就像政治的空气,风雨阴晴只能咽进隔夜的
茶。没有滋味也得叫声好,听谎言习惯了。

不如爱她。看她深睫毛婉转如海,又回身
轻颦,将口红吐在贝齿。咬。

不如爱她。一夜好眠。荷叶亭亭。

结局

灵魂从嘴里吐出来
灵魂不相信你会哭

不要生气啦
那些无用的肉体是错误

谁会在秋天不相信果实
喷了毒药的最好吃

这一天就是你的日子
这一枚鲜果也是

父母亲都已经死去了
接下来该是我们

不要哭不要哭

一个一个的灵魂走过树下

一个一个的果实灯笼在你的胸部

信仰

嗯,记得吃饭前洗洗手
这样就可以边吃边啃手指了
小便前当然最好也洗洗
这样就不会过早患上前列腺炎
很多次在厕所遇到尿不出来的家伙
他们说着无比正确动听的话
然后,尿不出一滴纯净的尿
真该死啊

我记得了
要穿厚大衣出门,要用科颜氏润唇膏
要用春雨面膜和兰蔻小眼霜
要随时捂起耳朵,随时给你写信
说我们才懂的话
这个冬天尤其需要补水,因为水没有
什么敏感性

每隔几年我就更加确认
信仰其实只有一条：
活的时候要美啊
死的时候要更美

世界等于零

对微微颤抖的尘埃说:我来过
对尘埃上颤抖的光影说:我来过
对光影里那稀薄的看不见的气息说:我来过

每一件衣服都穿过你,来自中原的女郎
你坐在门外等一个黑色的梦把你做完
你手握石榴提醒我戴假发的人来自故乡

与此同时

对比深井还深的眼睛说:我走了
对眼睛里比细雪还细的寒冷说:我走了
对比寒冷的晶体更多一分的冰棱说:我走了

每一句话说出你,舌头卷起告别的秘密
你采一朵星辰的小花插在过去的门前

愿我们墓葬之日犹如新生

我来过又走了
世界等于零。

敦煌截句

1
请把我埋在黄土里
和众人相会
请把我身体里全部的水
留给一位楼兰的少女

2
在大戈壁的烈日下
你可以拾到一块黑曜石
那里面隐约的纹路
是很多条河流爱过你

3
有缘人在石壁上凿佛
有情人在石壁上凿自己

黄沙掩埋了有缘人

黄沙也掩埋了有情人

4

黄沙的心就是佛的心啊

爱你恨你

一粒一粒

5

大西北,我会在夜深时梦你

胡杨、红柳和活命的骆驼草

还有一望无边的黑戈壁

那是大自然无情地完成它自己

6

烽火中的楼阁璀璨

将军宿醉了

蒙面女子反弹琵琶宽衣解带

菩萨菩萨,一起醉生梦死吧

青岛截句

1

我在落日的余晖里看到海伦的美了
三人行必有一人是多余
海水是多余
我爱你也是多余

2

在一个城堡里我遇见了我的前身
不是德国人,也不是中国人
是四海为家的爱人

3

想你的时候我就来到海边
我的悲哀如海水般蔚蓝
我无法爱你的悲哀
像蔚蓝的海水一样蔚蓝

4

无数的风吹来无数的世纪

无数的世纪覆盖了你的脸

请允许我用海水将你轻轻洗净

请允许我轻声赞叹:多么老,多么美

5

我在啤酒的泡沫里看见你

我在月季的荆棘里抚摸你

我在长生的蛤蜊里亲吻你

亲爱的,我在青岛,我想你

鼓浪屿截句

1

我给你心的苦蜜

破碎的河山上容不下

一枚小小的贝壳

2

我溯流而上

在汀洲和香草里哭泣

一枚矿石闪烁经久的光亮

3

浓雾如黯哑

细沙有面容

一朵一朵的浪花里有你

4
和风在一起
就可以成为鸟
和浪花在一起
就可以成为鱼

5
如今的爱变得稀薄了
因为我们再也没有水和石头的心性

大运河截句

1
祖先们饮用过的水
还在我们脚下
请允许我低头吻你,大运河
我错过了受洗的时间

2
一只钱塘江的虾
一尾新安江的鱼
运河花开
可缓缓归兮

3
我钟爱过跟水波说话的你
我在水上给你写了一封信

水波啊,请将它寄给长安、
淮扬和金陵

4
大把的金钱,我不要
大把的盐铁,我不要
大把的丝绸,我不要
大运河,我眺望你滚滚的船帆
我只要一位扬州女子的消息

5
在无尽的落日和无尽的流水中
我看见了你们
被泥沙、水草和渔网掩埋的
我的人民的夜航船和纪念碑

邯郸截句

1
一个人打太极是修身
一群人打太极是演戏
下雨了
太极有道

2
打太极的人在黄土上刻了字
打太极的人在荷花上画了符
当初彼此都不认识啊
只有天和地默默无情

3
见君要带我去吃一碗永年的面
黄沙里的麦子黄土里的水

每根面里都是生活的信仰啊

我一口气吃了三碗

4

去画家村不看画

去诗人屋不读诗

我看到了屋檐上的草和路边的玉米穗

我爱自然胜于人工

5

我在一片空白里看到了太极

古城墙靠在美人的背后

太极和美

这就是道的法则了

我回家的时候你不在

我开会回来。
你不在。
我睡了一会。
你的猫躺在我脚边。
它跟我还不太熟。
我喂了它一块鸡肉。
它是一只不吃鱼的猫。

然后我又要开会去了。
红酒放在桌上。
等你回来打开。
它想你。
它愿意被你饮尽。
我也是。

我忙完就回来。
你也尽快。
北京的秋天就要过去了。

相见欢

我多少次祈求过荷叶的莲摆
无雪的诅咒

不要再口吐莲花双目泪流了
观音也没有真言

——请宣判死刑！

穿过心的子弹一点不多也一点不少
喷涌的血一点不多也一点不少
我的爱，一点不多也一点不少

给一个没有名字的雪人

一转眼,大地的枯发就被密雪覆盖了
宝贝,你身下的雪橇散发橘色光芒
一个冷天在你的鼻息里,像马儿打着喷嚏
你把双手插在雪里如路灯把黑暗的一边照亮

星型蝴蝶在你的垂发上,请让我吻它
它是一枚坚硬的信符在你和雪之间
但一年一度的约会如一年一度的探监
我们在这雪花交织的白色丝网里,我们
饮一杯苦茶

没有什么比你更接近造物的秘密。红色便帽
跳跃着火,旗袍灌满了木材的芬芳,你用双腿
引导月色,长长的,冷冷的

然后你用雪组装世界,用尽一个人类的爱心:
眼睛和嘴唇,舌头和牙齿,把往事装入长袜
用你母亲的口红引火上身

再画一个圈。这就是我们的葬身之地。静静地,
用虚幻赔付了实在,滑行的距离总远不过时间。
静静地,你跃入,万物苏醒如初生。

我唯一确定的

早餐的白粥比昨天更稠一些,你洗净隔夜茶:
"一颗南方人的胃,那是道德的洁癖"
父亲突发高血压,没事,一顿羊肉下来
他照样抽烟喝酒吹牛。

不要哭。泪水如金。呐喊如盐。但这暖心的
早晨还属于你我。真不知道为什么会活在这个时代,
好在可以半夜喝酒,你的脸庞瓷器,照亮困兽。

我的心和胃在这里。这是我唯一确定的。有一天
我坐在地铁口,知道你不会来,多么美;知道你
在七重门后,白雪落尽,多么美;你喂食我的
鱼,还活在革命的河流,多么美。

我多想摆脱这一身皮囊。我多想是一双筷子,
可以亲你的齿牙,一日三次;一双鞋,被你行走;
一页书,夜半翻阅。如果好好睡觉可以更好地梦见,
何必需要别人赏赐自由?

我们自己犒赏。六军不发为了拉皇帝下马。我在1号线属于盲流。在课堂属于老师。在万古愁里,恒星属于太阳,苦心,属于莲花。

戊戌年遇小雪有感

现在是选择冷眼旁观,将苦水吞咽,还是
选择按下红灯,在掌声中转过背?

打开历史的诏书。从来没有一个时刻,如这般
一身缟素。其实好看,真的。

不过是改一个字,
反正家法已定,雪必须在这一天降临。

这是天大的祥瑞啊。春风化雪。七星永不落山。
一只乌龟活了一千年。

那选择生还是死?大雪纷纷,殉情与殉忠都是
演戏。最坚强的信仰,已经建在心上。

我只好痛哭。我只好痛哭啊。我只好白盔白甲
穿过团结湖穿过天安门穿过八宝山穿过一堆熙熙攘攘
的人群去吃一碗热干面。

我吃了两碗。一碗因为君父。一碗因为好吃。

切·格瓦拉

那时月光皎洁照着游击队员的长头发
冰凉的冲锋枪在夜莺的阴影中歌唱

那时海水沸腾
送来一杯愤怒的卡布奇诺给我们的切

那些无助的男人们在黑夜中流离失所
为了相爱而起义的枪声刺穿一个世纪的耳膜

旧账如盐

对一个人的审判不需要经过事实的法庭。
好像公正的法官只需要随手贴一张嘲笑的大海报。

原来——
道德依然可以杀人,枷锁依然可以
囚禁春风。

且慢——
你居心何其险恶!当斩!

少年 Chey 的平常之旅

走过这个平川
就是湖泊,在湖泊的后面
是一片密林。

密林里有很多树,高的和矮的
倒数第三排靠左的第一棵,是一株
北极松。

请你在松树上摘下一枚果实。放在口袋里,
如果你的口袋已经磨烂,那就麻烦你一直
握在手里,不要担心出汗。

你可以在密林出口的草坪上稍微坐一会,
将鞋子里的土倒掉。你的眼睛要适应
过于强烈的阳光。

高铁在不远处，飞机也会掠过头顶。
请你像多年前一样，仅仅是眺望它们，
然后继续背道而行。

不用暗自悲伤，也无需兴高采烈。
这样安静地走路，看到黄昏还像传说中一样
坠入深沟。你还拉了它一把。

少年，你可以边走边梦。白菜和青豆各自芬芳，
短头发的女孩在道路的拐弯。她长裙子上
有母国的地图。

请把松果和汗水一起给她。你们笑得满地打滚。
又嚎啕大哭，为对方抹上五颜六色的泥土。
不要幻想她会成为你的情人。

你们没有义务彼此相爱。
她走得时快时慢，你走得时慢时快。
平川、深湖和高山。星辰、宿雨和飘风。

芒果认识论

在松山湖的沿岸,一棵一棵芒果树
相连。我认真数了数,最后还是没有数清。
多年来我习惯数树,仿佛数过一遍,
它们就长在了身上。

11岁在去南京的轮船上买了一罐芒果汁,
因为太贵,我和叔叔各喝一半。
我知道他故意少喝:芒果补钙,你在长高。
我将多余的一饮而尽,转身将易拉罐抛向天空。

20岁之前我不认识芒果。我一直以为它只是
土豆的升级版,不过比土豆更华丽:
我不能突破的芒果认识论之一是:我坚持认为
烤芒果比烤土豆更有营养。

在松山湖我数到了8,18,39,51,我一直数到
一位姑娘在芒果树下起舞,她裸露腰肢,以

斜睨的眼光打量我满身的山水,我们的脂肪不一样:
她的是芒果,我的是腐肉。

在松山湖的芒果树下,我数芒果,数到了一个
圆润多汁的 0

水的认识论

那些散裂的中子,一次次
更新我们的认识论。世界并非由水
组成,也就是说,有一种更精致的
存在,在形而上之外。

但是天道要有水。因为人和更多的
生灵,需要饮水而活。也可以说,
饮用本身就是一种善,它符合古典的
法则,中子和质子,也不能将其摧毁。

江河湖海的水,泪水和汗水。
弱水和苦水。松间清泉,路边深井。
有人在水里养了一条龙。有人用龙爪
刷刷牙。

水的认识论起于我看到的一次痛哭和
一次远足中的干涸:

前者没有水就没有爱

后者没有水就没有命。

夜宿英德九州驿站遇雨

董事长不过是枚驿丞。他在树上建屋。
毕竟,我们曾做过树人和鸟人,
只是现在忘了,但经验还有迹可循。

英德不是英国和德国,九州也不是天下
九分。它是我们探访的,在一段高速公路
拐弯的山野。

礼失而求诸野。这是圣人的自救还是
圣人在古典失眠中的自罚?毕竟圣人
只有一个,而现在的疾患,几无妙手回春。

哎呀呀,鸟也好鱼也好蝴蝶也好,总之都
比人自由那么一点点——
智慧的刻度其实就是那么一点点。

稀月照泉水,微雨满山林。
我又看见多年不见的美少年,
赤脚拂袖而去了。

望梵净山不登有感

为何双脚滞重如灌铅？
骤雨初歇，一杯酒的余温犹疑
正是登山的好时节

沐浴否？焚香否？
午夜梦回晓风残月，紫禁城里的君父
尿频是否好了一点？

不能不惦念啊，就像酒杯里滚沸的
大海。坐也太久，站也不是睡也不是。
还不如一座山丘自在，卧成了佛。

分明是一只黔猴在试探你我的耐心。
折耳根好吃否？茅台掺有冷水？
美酒不过是灭了火的美人。

走一步退了五十步。祥云四合如渡赤水长江。
翻过那座山就看到伟大的信仰落地生根
长成了刺梨、丑橘和五块人民币。

可要把握好平衡啊，君父。一股清泉正
流过你的翘臀。你荒废日久的功业未遂，
善哉善哉，让老衲超度你吧。

中元奇观

"某人会在中秋节前抵达
慕尼黑,啤酒肚和机关枪"

他伟岸的身躯需要一架
多么巨大的飞机!

"事实是他自己就能飞翔
并自带太阳能装置"

"这个时代最重要的发明
就是无所不能的超人"

他甚至会指导妊娠
包括母猪、公狗和一只不打鸣的鸡

他的瓦棱帽像天线宝宝
探测口腔里的蠕虫

"口腔里只有细菌般的赞美!"

他甚至都想不起来他也曾
有过一个人类的童年:
吃流质食品的、流鼻涕的、夜半尿床的

在没有妈妈陪伴的夜晚
他也曾如此惊慌如此无助

末法时代抒怀

很久以前,我夜行于乡村公路
一群蟋蟀鸣声起伏,没有一只是
我的朋友

我跟随它们来到一处破庙
可怜的外祖父就在此挂单为生
他问我是否愿意在菩萨前上一炷香

他窸窣地拂去炉灰,好像那面无表情
的雕像真是他的至亲。他慈祥极了,
好像风烛残年也是莫大的福分

在溃逃之前,他本来有一张南渡的船票
他也是被蟋蟀引到这残破的小庙,将一支
悲苦的长香,递给他的长孙:

"除了在菩萨面前
没有人配得上你的低头"

那根长香想必还传递在某人之手,那上面
的汗渍想必汇聚成了一条河流
我半生的虚荣浮浮沉沉

我只向菩萨低头。
我满月一样干净的心呀,四十年家国
如此骄傲如此难过

"让美玉安卧于王冠"

我带你去西单。买橡皮筋。
你跳树桩,不知害怕。
跌倒,流血。
你是我的小小人,
我是别人的长子。

你娇憨。喊,小爸爸
我哭不出来。那个人,
我喊他君父,不回答。
身后是中行大厦,大悦城
和祖国的红旗。

好好

水槽边的风暴
划过月亮右弦。
我的祖先曾经因为饥饿张弓。

苍白的白。绿如双眸。你好牛油果。
你真像一个弃子因为过于早熟。
你真像。你好。

我每天的早餐只有一枚牛油果。
BBC新闻。白开水。
我知道你在南方的房间被人使用为妻子。

全能者和蛇没有骗你。
你叮嘱我。好好吃。好好赞美。

牛油果的剩余价值

我剥牛油果的皮。颤抖。
雷响在晴空,给我一个解释,
现在。

玻璃器皿。酸奶。晚点的外卖小哥。
过期了。味蕾上有层蜜。我该怎么赞美
这斜切的一刀。

如果人民每天都有一枚牛油果。如果
帝国早就崛起了。在 1848 年。

我在庄园里享受日光浴。
被我的长子爱上的女仆,正在给黑非洲
写一封家书:

"剩下的时间不多了,伟大的剩余价值
一百年后等于一枚水果。"

人脸

树的脸是安静的
花的脸甜蜜
鸟的脸是花与树的相依

妈妈,为什么人的脸如此愁苦?

铁轨的脸是风的呜咽
海的脸藏于贝壳珍珠
当我们跪下轻吻大地的脸

妈妈,为什么人的脸哭泣悲恸?

妈妈,多少真理啊!多少张脸!

欧洲之心（组诗）

1.
元首决定在圣诞节前起义。
啤酒提高一度。肥胖司机的
五险一金基本扣除。

慕尼黑的风呀，风中的泡沫
卡宾轻机枪发射元首的
子弹演讲。

欧洲阳台的现代性喷涌而出。
元首的人民比赛谁尿得更高。
股票普遍飘红。

非如此不可。

诗人，就此驻足吧，命名
欧洲之心的春夏秋冬。
喝醉的人最仁慈。

2.
这王者的瓷器是从
哪里偷来的？
后来者居上。暴雨下不了一宿。

我判断德累斯顿的气温并不需要
一件波司登的羽绒服。

太阳缓缓变得温暖。路边的窗户
依然黑暗如故。

以前我肯定来过这里。
我流过泪。大公将公主的内衣
交换过一张我故国的地图。

3.
你金色的头发飘扬在布拉格
孩子们在喂鸽子

再过一年，就有专门的节日悼念：
拿野花的手，拿冲锋枪的手

多么奇妙的歌声啊——
你灰色的大衣上有烤面包的香气

孩子们在唱，孩子们在唱
海德里希的焚尸炉什么时候建好？

你要穿过一条街巷去取
一条围巾。流血过多的春天有点冷。

金色的伞兵飘扬在布拉格像你金色的头发
一份消灭人类的计划正在路上

喂鸽子，喂鸽子，
海德里希的焚尸炉什么时候建好？

一位黑王子正走过布拉格，一头金发之兽
一边恋爱一边签下处决的判书

4.
那时候我们在德国。一杯啤酒
两个人喝。我们是一个整体。
整体大于一。

世界上有许多空空荡荡的黄昏
我们穿过一个,然后再穿过一个
我们比划剪刀石头布,我们喝

我们喝掉了3欧,然后又花了1欧
排水。那些永恒之花总像阴影,
我一直想说,你的粉底有点厚

我们穿过一个黄昏,又一个
我们喝完一杯啤酒,又一杯
说一句德语吧说一句德语吧就说一句

说完一句就分手。那美丽的一
要结束了。那时候我们在德国,
有一天我们碰见玛格丽特觉得那么那么难过

重瞳

这里有我们要鞭打的尸体和蜡像

这里有弑父的手枪

现在它们又复活了

现在它们嘲笑我们像一堆没有脊骨的裹尸布

我来迟了

我来迟了。礼拜六的主休息。
卡夫卡爱吃面包。我爱土豆。
在自由欧洲的对面,一位捷克女孩
吹着响亮的口哨。

她说捷克语或德语。
我们不可能再次相遇,也不知道为什么相视,
我们笑,然后走向各自的坟墓。

有无数这样的时刻,k,所以写下来
也是没有意义的。焚烧属于主的善智,
"你应得的"——仅仅是命运

猪肘子里有异国的盐,女孩双眼有橙
我们喝下的,不是啤酒,
是生命的泡沫和飘浮。

爱在卢布尔雅那

除了爱与死
这世间本没有别的
圣像不说话:它说流云和
鱼。和风。和风中突然散开的
蒲公英。

前生一定来过卢布尔雅那。邻座的
美少女你好,请和我同饮一杯酒
同乘一座今生的浮屠。

这里是华沙

一整个下午我都在
华沙。我有一把
黑色的手枪。我用它,我说:
这里是华沙。

我对你的爱有一颗子弹的距离。
多么美的橱窗,啊,
你美丽的尸体沐浴着温暖的香风。

我有一把手枪。黑色的。
我用它,我说:
你美丽的尸体属于华沙。

大海从来就不屑于成为一个人

在海边坐一天都不会烦
游轮和渔船都在海上
水草和珍珠都在海底
海水托着它们
大海才不管你是富人还是穷人
大海的用力一直很均衡

有时候会起风,也有巨大的浪击打
礁石,不要将大海想象是一个人
以为这是它的愤怒和伤心
嘘,古老的大海从来就不屑于
成为一个人

在海边坐一天都不会烦
只需要在海边坐一天
人的心就不会那么污浊了

无数次你请求的爱

无数次你请求的爱
西瓜瓤的尖。大头针红。
你写一封信:
爸爸我错了。

家乡的房子浮在水上
你对着水波裸身
你不该说,衔来石头的乌鸦
不够深情

把衣服挂在高高的树上
夜晚是乌鸦的翅膀,如今
只有水,水,水
只有漂泊的塑料袋

你不该背叛夏天:
爸爸我错了,我不该笑容满面地
离开家。

无数次你请求的爱

被强盗抢走。

我反复点燃雪

我只会给你一个冬天。我反复点燃，
雪，雪——大雪自火中沸腾。
缀满纽扣的卡其大衣。随手拾起的，
小小宪章。萝卜缨子。和背叛。

预言 1999

那一年我的偏头痛犯了。
你带我一起去食堂买
一份红烧肉,你说,
那个好看的炊事员不在 1 号窗口。

20 年——
你用针头扎过多少美丽的屁股。
我一直没有背叛,我说过,
我只爱自己,和,空。

我记得这件事。夜空突然变亮。
火树银花。你趴在我耳洞里大喊,
伤心 1999。又有一块土地。
——哦,班玛斯德。

我们各有所属

你和那么多的人喝酒。我在路上。
你和那么多的人喝酒、吃烧烤、说好玩的笑话。
我还在路上。

那么多的人越来越多。星辰稀少了。
我在路上和野花说说话。

所以归根结底,我看不到你醉酒的欢颜。
你也不知道那些长路有多么喜欢我。

所以我们只能各有所属。

纪念碑

等我在大雪里将你的手套竖成一座纪念碑
帝国崩溃了
他们锯开一枚黄金藏起了杀人证据
他们一定会这么做

歧途

多么美的歧途。我在四十年前就知道。
会有这么一天。我抽刀断水。
我将流云和水袖丢在了后面。

我在未出生时就知道。孤魂最自由。
我现在就把柳枝劈开。那就这样吧，
我该走了。

看《流浪地球》遇大雪有感

因为大地上的雪
我把车减到 20 码
我们刚刚看完《流浪地球》
觉得拯救也不过是场闹剧
真是有点遗憾呀

我在银泰百货前左转
沿长江路缓缓驶入南一环
路边有几个行人在等车,人类特有的
孤寂,好像车轮碾压过的雪
我打开收音机,并没有接收到空间站的
信息

但我记得回家的路,这是今晚最大的
秘密。大地、雪花、班玛斯德和
主的善意。5 岁的女儿在阳台喊爸爸
我泊好车,我回应她:
几片雪花,小手和旗。

远征

大雾通向另一种善知识。
梦中有人咂嘴。肯定有我们不知道的
精灵。起了一个树木的大早。

手机蜂鸣嘀嘀。玫瑰在昨晚的外星余香。
请把左手的黑手套给我,它配得上大地的
右雪。

你又回来了,君父。这般若的黑,
像一朵抹不去的羞辱。

所有的事物都还在

盛满水的宝瓶在去年夏天
姐姐你捎来没有音讯的浮云
后山的树木还是祖父们一起栽的
坟茔上的青草比往常更加碧绿
一只翠鸟,停在永恒的碑上

——所有的事物都还在
原来所有的事物都还在啊只是
神秘得我们已经无法看见

我回来看一眼就走

我回来看一眼河流就走
我回来看一眼渔网
它们打捞上来的塑料灿若银鱼

梅天依旧
我回来淋一身雨就走
姨娘的绣花针在壁橱一角
我回来和那只老猫打声招呼就走

抱一抱悬梁上的蛛丝
和枯木说句话。我折一枝桂花就走,
请在下一个月夜继续绽放。

照看你们的姑姑已经五十有八,
我带一张她的照片就走。
在被废弃的祖宗祠堂前
我哭了一会

——死去的人们已经将我抛弃。

四十年,我完成这段孤旅就走。

那时候我也经常难过

我真想写下你,真想
卷起春风的旗帜上,小小露珠的眼。

我真想洗干净,马路中央的脚印
你站在那里跟我说,晚安

我真想点亮晚安的灯,真想在焰火里冷藏你
你总是吻我右脸。

你总是说,请你信任。我坐在红色的椅子上
说起 1997 年的往事。

那时候我在县城读高中,数学不好,写诗,
晚上喝酒斗殴,想做游侠和浪子。

那时候我也经常难过。不知道岁月这么长而时间那么快。不知道万事万物是为什么。

那时候你在远方，你诞生，你是婴儿，
你是班玛斯德。

我在我们的血里

今夜,我穿过春风去领一枚勋章
橘色的灯光长出一层细绒毛
你在窗户后伺弄盛世花

你的手划过一道弧形如闪电,仅仅是
一瞬间的觉醒
然后是黑暗猛吻你的唇直至春天的雌兽
将你整个香躯吞噬

这一刻我们必须重逢。亲爱的,
头盖骨伴着青瓷呜咽冲锋,
"我在我们的血里纯净如处子"
——班玛斯德

自画像

就像人生中的很多时候一样
我没有醒也没有死

我在灯下又美又失败
我笑起来又羞涩又残忍

好像是不真的

好像是不真的:
你猛烈抽打十七年的时光陀螺
我拔下一根白发把你系在
飘扬的心尖

你睫毛上的盐,你剥一枚爱的
无花果,我们坚持将
心海的皱纹烫平

不要提错步的前世今生
今天的雾霾和春风一样醉人
——这好像不是真的
你的手比我的手还小

我醉了我在无边的广场种下
一颗感激的手榴弹
你疯了你在我冰冷的床上
插上一面熠熠的赤旗

我在西夏数羊

我在西夏数羊。
你在东城吃糖。
我们纯粹因为美而爱上。

东城而西夏。
你给我一封杨絮的信:
我们穿同一款睡衣长眠吧。

我把你也给你

下午的燃爆橙汁给你

然后在商场的一层逛了一圈

下午的炭烤牛舌给你

然后在商场的二层逛了一圈

下午的杨枝甘露给你

然后在商场的三层逛了一圈

五点钟给你,七点钟也给你

在九点钟我们拥吻,那个打扫的阿姨说:

真美。但是我们要打烊啦。

那就把十点钟的出租车也给你

司机调高后视镜,把全部的车厢都给你

把西直门、复兴门、崇文门、和平门都给你

我只要一趟晚归的地铁,从东土而西夏。

我没有人民可辜负,我只有你。

我把你也给你。顺带还有生姜末、花生碎和

赤旗花。

分裂之爱

弯曲的弓在月亮舌尖。
之前有一场雨,模糊着时空。
对面就是伟大的分裂,来一杯酒,
来,万绪啊千愁……

只有陌生之物值得爱上。然后
重复一次,沙滩的沉默真让人
无助。来一杯酒,来
亲爱的玛格丽特你在异国的街头打来电话说
一边看落日一边吃美味的冰淇淋球……

清明节我在北京

早上起来我把指南针打开
正对南方跪下
给太奶奶、爷爷、外公外婆
三姑姑、小表姐、严老师
都叩了头

窗外的桃花正盛
一整天我喝了一碗粥

祭奠之前

晚霞的光亮照着跛足仙鹤
西山心跳霹雳如丹炉

啊,主人翁,啊,主人翁
共和的公墓传来长生的风铃

有三个男人在松柏后画符
用他们的性器
摆了一幅万寿的祭旗

我如果打马过西山

我如果打马过西山
你不答应。我如果徒步
半路上就有雨。
一站一站的地铁开过
我头戴花冠坐在一群陌生人中。

我如果骑鹤过西山
你吹横笛以复鸣。忠臣和奸臣
都在朝廷的公墓。我照镜子,披发,
在八宝山面壁。

一树一树的野花盛开
一声一声的亡灵低吟

饮冰第一

早晨的空胃轻响。
两只薜荔伴侣,朝生暮死。

说好一起睡到人间十二点。
等大雨抽丝,一起攀援月亮。

你有你的软玉小耳。
我有我的含金媚眼。

说好了一起骑鹤,
在如谜的太虚。

——是的,是的,
我只有在如此想念的时刻
才会求神重新锻造我们。

饮冰第二

一边是风
一边是月亮乳牙

一边是乳牙
一边是深海长发

所以
左边是风,右边是长鬈发
中间种着一颗乳牙

……
你呀你呀,一枚小小的洁白乳牙

饮冰第三

我在菩萨的双乳间沉睡久久,
很多年就这样过去了。

我信诺,
醒来后借你一只耳环以饮酒。

饮冰第四

你的口红现在艳若桃李了
兄弟们在南方受难

你的口红现在是一面旗帜在北三环
兄弟们在南方畅饮太平洋

何不咬一口在我害羞的瘦脖颈
结一次秘密的反叛联盟

依然是无望的歧途在我们前面
我错过了你多少回痛苦的聚会

——等我收拾完毕就去找你
等我打扫完这战场茫茫

我背着无字之碑请你收容祖国的孤儿
你的口红多像一面我梦中的赤旗

鲤鱼、北极星和泪如泉涌
——亲爱的我已忘记……

饮冰第五

两粒盐和两颗糖

你说小月亮啊真美

小月亮在我们窗沿

你的窗和我的窗

北极星躲在被窝里

你的手好烫

那就把我融化吧

舔一口再舔一口

走散了多年的小孩终于在一起啦

饮冰第六

22点钟不睡。
23点钟依然不睡。
24点钟的小妖你好。
我给你一粒药丸助兴。

一点两点和黑暗天神跳舞。
然后是三点和四点，请尘露和天光
予我们以灵魂。

我不睡我不睡我不睡。
我害怕我马上会死。
我想在死前把你多想几遍。

饮冰第七

如君所言。这些剩余的米和菜。
也是好吃的。宝镜就立在二楼。
借着光,我要偷走你很多年。

蛋糕是塑料的。柚子茶太甜。
你刁蛮。我只好喂你以狂放之舌。
在淑椒的辣里

——卿卿。

我们摇动骰子。在不会受伤的
历史中,互相赞美了一下午。

饮冰第八

她好像不在这里。她垂直于大海的鲨鱼，
现在负起一个世纪的承重。

啊，她巨大的耳环空旷，好像主的法器，
请怜悯我。

在深海。在龟甲的背。在铁锅的反面。在镜子的
逆光。在北极的星野。在各种造就的词与物。

她要饮酒，无人作陪。

然后有三千里的大风鼓荡弱水的波涛在御龙的驰骋中她的
长裙一口吞下传说中的黑色王子。

生死都美。

饮冰第九

在一年中最闷热的几天
你问我是否听到了深夜的雷声?

我顺手拔掉一根白头发——
确定你不是在用一个隐喻
和我讨论政治

我努力回忆我在梦中做了什么
那些断头台和经验无关为何反复出现

我造了一个新梦:在那里可以丈量人的高度
——准确性超过了物自体。

那雷声也许是一个提醒,也许不过是
崇高张开了诱惑的嘴唇。

我穿好黑斗篷,我决定行刺黑暗。
在一道白光将守夜人照亮之前。

饮冰第十

好了,谈判结束了。
南方有暴雨,北方雷鸣。
没有人把梦游的合同当真。

因为水波上的名字都是假的。

所以我执着每个夜晚的归来盟约
消失过很多年——

在浮世的杯盏
没有什么比你看我的眼神更不朽了。

做一个归乡的梦然后哭了

君父啊,祖宗的坟山还在祭祀之地吗?
我这个不孝的长子,已经有多久没有跪在
他们面前。没有用膝盖跪拜密密野草,没有
用头颅叩击厚厚泥土,没有将身体匍匐,柔软在
四季常在的湖风……

我怎么可以离开这么久?

那些当年栽种的树木有的茂密有的枯萎——
其中一棵是年迈体弱的祖父为我远行亲手种植。
我曾立下看护的誓言,如今却迷途踟蹰,将一条
归乡的路,搁置得沾满飞尘……

君父啊,我梦到你牵着1986年的我,去给死去的
姑姑烧一根长香。在路上你教我背诵家谱,然后我们
一起失声痛哭……

已经没有祠堂和方丈愿意认领我这样漂泊的灵魂了……

尘世间的事

我在一颗旱柳下发现了三样事物:
水。烟头。和旧报纸。

很多年前有人坐在树冠上,天长日久,
他化身鸟人。很多年前有人坐在树底下,
也天长日久,他变成了哲人。

他们最后都躺在树下,祈祷大树原谅
他们的轻浮和愚蠢。

和一棵古老的旱柳相比,人又算得了什么?
人拥有的最大权力,无非是将树砍倒,
然后称王……

我默默将树下的烟头和旧报纸拾起,
又用树根的清泉洗了一把脸。

这棵旱柳的每一片叶子,都是一个王座,
而尘世间最大的王,不过是这瞬间晒黑我的阳光……

荷的时代性

我在荷叶里听到
一屋子的人在谈论时代
时代是荷叶上的露珠
一晒就无。时代也是
荷叶底部的淤泥,它的上面是清水
它的下面是垃圾。它的各种层次
如根茎上的倒刺,处处都伤人。

1988年的夏天,我和一群小伙伴为了
吃上新生的莲子,决定集体裸身下河。
这样愚蠢又凶恶的家长就不会察觉我们
嬉水的痕迹。
事实是,相对于父亲的戒尺和母亲的藤条,
那根茎上的刺,给我们留下了更痛的记忆。

以至于多年后我看到荷花,也嗅不到其
芬芳,只觉两腿鲜血淋淋……好像我在时代的
触觉中,再一次成为顽皮而小心翼翼的孩子。

我们终究看错了荷花,我们也终究会看错了时代
这其实是一个无比简单的真理。

荷祭

我本来要摘片荷叶,将自己的尸体包裹
可我觉得自己不配了
我本来要赠一朵荷花,将她供奉起来
可我觉得她也不配了

君子和小人如今都沉瀣一气
荷花又怎么能独自开放在椒房和池塘
如今谁又敢在荷花前大言不惭不怕打脸?
我们把脸蒙起来,假装还是兰草和芰荷的后人

从来没有一个时刻这样让人羞愧。
荷花和荷叶抛弃了我们。清水和淤泥
也抛弃了我们。我们的骨肉,再也不可能
清白和芳香了……

黄金时代结束了

这就是我们曾经生活的人间:
菜市场腥如鱼饵,鲜果的虫口出卖
春天的农药。远处的妇女,在争吵后
饮用如茶。

一滴冷雨,浇灭了旅客的烟头。
高铁随风起舞,它背后的碎石,
是小贩一地斤斤计较的黄牙。

预约一杯 costa,一杯喜茶,一场
不好看的翻译喜剧。在晚归的灯影中
滴滴司机说起工资和税率
股票被金融曲线的断头台套牢。

他重复这一切。然后死去。
他和她重复这一切。然后死去。
山茶花开得艳丽,他起身去培土,
捡石头,接上小学的女儿。

女儿手上拿着一面小旗。
他发微信给多年不见的老友:
黄金时代结束了,在有生之年,
这是多么真实的奇迹。

我在万物的腐朽中

我在万物的腐朽中
首领啊……
我在万物的腐朽中知道一切都不过是一场风的
假定性真理

那您为何要在尘世建筑这必朽的万神之殿
难道为了那美丽的审判时刻
我不恨你

羞愧

常怀必死的心
看到满月照耀之时
就羞愧了

久违了

多么喧嚣的人间在月色中
也任随夜关进夜

那立在旗杆的一阵风
和谁一起认领这无辜的时刻

大首领

请宣布神圣的死亡诏书

现代聊斋志

那时候他坐在荷花旁的样子,又穷又帅。那时爱上
一个人,连她的影子都能吞下。脚踝上的裸肉和
天幕上的星星,那时他指着天空,说:"请给我北极"。

告别后才知道那椅子是空的。除了恹恹欲睡的情欲,
并没有藕丝可以相连。如果他告诉你那坐在椅子上
的人也不过是一阵风和一缕烟——那是他追求的存在感
——比真理更贴近时代之心。留下的不过葡萄几颗,
唾液分明。

坏习惯总是一夕养成。如果他告诉你他曾经彻夜不眠只为
从瞳孔里监视一次偷情。如果她抽屉里的玩具手枪可以
打出致命的子弹……他是否还值得被爱?他又穷又帅,
他从来不晚上出去喝酒,人一多他就害羞。

可是他真的坐过在这里。荷花那时候也确实盛开了。他
左手斜指天空,说,"给我北极"。那时候你哭得扯天扯地,

一碗粥水清澈可鉴,你一个小女子,就这样理解了万古愁。

2019年的奇迹

在离广场一公里左右
在国际大厦的斜对面
大概二百多米的距离
有三棵大槐树

它们比旗杆还要高一点
然后在最高的枝桠上
有一只黑色的鸟窝

我穷尽我的目力观察后断定:
那是一只完美的鸟窝
比旁边所有的高楼大厦
都更符合建筑和居住的原理。

这简直就是一个奇迹。
在十月来临前的一个下午
在长安街的一侧,居然有
三棵大槐树,一个鸟窝。

也许还有一两只无名之鸟,

宠辱不惊地飞过。

在浮云里。

王冠

我决定放弃你。你。红唇和翘臀。在我窗前的十字风铃
坠落之时。恰好。把死婴装入鞋盒,寄到巴黎。

一场一场的日出。谁没有戴着念珠去给死去的人上香,
纵然茂密的野花和荆棘覆盖了完整的尸体。我们不哭。

墓碑上的名字,记载着浮生的足迹。

走过之所又会有一群人走过。呐喊。祈祷。呻吟。
生与死一样前赴后继。相对论和辨证法是自然的蛇。

一圈枯萎的秘密,被斩首的王冠还记得。

蓝

秋日晴蓝。你以为粥碗就这样该属于乞食者了。远程导弹可以覆盖全球,准星起源于一只偷盗的麻雀。四害已除四海升平。四海游龙是我中学时代看过的一部武侠小说,里面的教主无一例外身败名裂遗臭人间,一个不入流的武侠写手都明白的道理。比一粥碗还要浅三分。

这就是我为什么热爱蓝。她反对本质主义的勾股定理认定现象就可以说明一切。简单的快乐往往就在蓝的肉体,肉体是一种现象同时也是真理,所有非快乐的真理都是假的,就像"全体是不真的"。

蓝和蓝。2009年毕业季我在中关村闲逛,在一台提款机前看到一双蓝色过膝的袜子穿在修长的腿上。我们就这样相识了。已过经年而岁月豹变。

箴

十字架高悬在灰色墙壁。三朵玻璃玫瑰花：红色、蓝色和黄色。如果其中一朵枯萎，一切就都会枯萎。这是死的原则，写在自然之心。

人不该僭越自然。但总是有自以为是的大首领，将盗自主的智慧变为蜡像的幻术。他们在人间称王，白天检阅仪仗，夜晚，在魔鬼的怀抱中瑟瑟发抖。

只要一道微弱的天光。就会看到玫瑰之死不过是复杂的隐喻。自然从未爱过我们，但也从来没有不爱。我们在玻璃的反光中求证厌弃的正确性。

只有想起在马德里后窗抽烟的女孩，才觉得——人是值得怜悯的。

壶口墓志铭

如果这黄土可以埋人
那就在水波上刻下我的名字:
这个人来过、看过、赞叹过

他多想像一只飞鸟在波涛上雀跃
他也想是一块石头,被流水反复琢磨。

但他是一个人,所以他只能在岸边,
以一个人的墓志铭,来哀悼古老的
局限。

我拥有的

我有音乐。酒。阿难。
我有杨曼寻和马卡龙。

我还有,君父——
在不能说出的深渊。

给你我的心去活

如果纬度再低一点,比如低过你裸露的脚踝,
喀斯特地貌可能就是你的眼泪了……司机告诉我
这是一座新城,在全能者的履历中,哪有什么新旧。
来过的地方都曾梦见过。

我的心也曾被你取走。那时候我短暂昏厥于海风,
买下一把剑寄存在浪花碉堡。一转身,一家网红餐厅
的蛤蜊好吃哭了,你抱住我,说:
"给你我的心去活"。

那是在卢布尔雅那还是在崇左还是在足迹踩过的
一片流沙?神迹从来没有闭过眼,生存如果没有秘密
那就全然不值。我不敢以牙还牙,我只会以心换心。

那就——祝你晚安!请把以前和以后的碎片寄到
我们临时的家中。

从零到零的诗歌曲线

杨庆祥

零

从零开始,又不断归零。中国的古代哲学,"道生一,一生二,二生三,三生万物。"道是什么?道就是零。在阿拉伯和古希腊的哲学和数学传统中,零是一个更重要的概念,零既是开始,又是倍加,又是无限地大——乃至于无穷。零不是无,零是无限的可能,在某一个看似"无"的地方滋生出无穷尽的可能,这个可能里包括自我、世界、色相和观念。我个人的看法,文学和诗歌,是在原始巫术仪式丧失后,现代社会中的一个"零"。或者说,当"零"被具体化为一个阿拉伯数字序号,而丧失了其哲学内涵后,"零"的重新仪式化被落实到了诗歌里面。所有的诗歌写作都可以说是"从零到零"。从零起始,意思是指诗歌的起源不可确定,到零结束,意思是指诗歌的意义永远无法穷尽。

真正的诗歌就在这两个零之间划出一道无法测量的曲线，这个曲线的长度与诗歌的生命力成正比。一个判断是"两点之间直线最短"，另外一个判断是"两点之间曲线最长"，把这两者综合起来还可以做出一个新的判断："两点之间诗歌最长"——这并非是要矫情地夸大诗歌的作用，实际上从功利主义的角度看，诗歌没有任何作用。借用尼采在《看哪，这个人》里面的说法，任何对"用"的讨论都是一种现代性的鄙陋，而事实是，我们正生活在这种鄙陋中。诗歌越是被征用，它的曲线就越短，它的光焰就越暗淡。"两点之间诗歌最长"，它仅仅强调其不可测量性和不可衡量性，它甚至是——"非在"。就像全能者是"非在"但又经常显现一样，诗歌也是这样的，它偶尔显现于一首具体的诗歌或者一个具体的诗人，但从不会因此而失去其根本的不可知性。这是诗歌对日益流行的社会学和历史学的反对，社会学和历史学厘定对象，并采用一种"科学"的方法来进行生理学的剖析，社会学的威权者如布迪厄曾断言"一切都是社会的"，并认为"没有任何一种事物不可以进行分析"。这傲慢的启蒙主义式的自信已经被证明不过是一种人类的虚妄，一首具体的诗歌当然可以被分析、讨论和教学，但是作为"曲线"的诗歌却不能，它逃避一切的阐释，因此也拥有无穷的阐释。

一

"一"是什么？我们每天都在说"一"，都在使用"一"。中国伟大的诗人屈原有一首著名的诗歌《东皇太一》，写的是祭祀东皇太一神的场景。这个东皇太一，根据学者的考证，应该就是中国星象崇拜中的北极星。屈原的诗歌是这么写的：

吉日兮辰良，穆将愉兮上皇；抚长剑兮玉珥，璆锵鸣兮琳琅；

瑶席兮玉瑱，盍将把兮琼芳；蕙肴蒸兮兰藉，奠桂酒兮椒浆；

扬枹兮拊鼓，疏缓节兮安歌；陈竽瑟兮浩倡；

灵偃蹇兮姣服，芳菲菲兮满堂；五音纷兮繁会，君欣欣兮乐康。

虽然对此诗的解读众说纷纭，但有一点是确定的，这首诗歌更接近于诗歌的"原始性"。在这个原始性里面，我们看到了一个场景，那就是祭祀者（凡人）通过复杂的仪式将自己与东皇太一"合体"，从而生成了一个新的"自我"。这一点正是我要强调的，我们今天通常所言的"自我"，是资本主义兴起后对人的一种界定，这一界定局限在人作为一个物质性的现实存在的个体，而忽略了人在更古老的生活和经验传统中的另外一种定义，那就是人不仅仅是现实的，也是精神的，不仅仅是世俗者，也是超上者。其实在欧洲的启蒙主义传统中，同样强调了人与超上者之间的关系——人只有在与上帝的对话中才可能成就自我，不过后起工业文明的技术主义压抑了这样一种认知，最后变成了马尔库塞所批评的"单向度的人"。我这里想要表达的意思是，"一"就是"自我"，这个自我，超克了"单向度的"完全现实存在意义上的自我，而指的是一种具有复杂的经验维度和历史维度的自我。这么说来，生于1980年的我这个个体，其自我却并非仅仅由1980年代以来的历史塑造，它同时也受到从零开始的一切人类经验的塑造，在我这样一个个体身上,不仅活着屈原、杜甫、李白、普希金、叶赛宁的经验,同时也继承着人类的"共同基因",对于后一点,著名的精神分析学家荣格有个精彩的定义,他称之为"集体无意识"。我的诗歌写作,因此不仅仅是在表达一个生活于此时此地的个体的经验,同样也是在传递着作为"一"的自我的共同体经验。几乎所有的诗人都会有这样一种创作的经历:灵感往往从一个"零"的深渊开始,然后我们试图用当下的语言和经验去处理,但在某一个瞬间,我们发现此时此刻的个体并无法完全表达这些经验,而是有一种"上帝之手"在"命令"我们写——这是我经常体验到的"神灵附体"的时刻——在这个时刻,"一"回来了,也就是那个真正的自我在诗歌中重生了。

二

"二"是分裂。虽然"一"是确定存在的。但"二"却是我们基本的生活现实。分裂是从什么时候开始的呢?或许是从庄周所言的浑沌之死开始:

南海之帝为儵，北海之帝为忽，中央之帝为浑沌。儵与忽时相与遇于浑沌之地，浑沌待之甚善。儵与忽谋报浑沌之德，曰："人皆有七窍，以视、听、食、息，此独无有，尝试凿之。"日凿一窍，七日而浑沌死。

也或许是柏拉图在《会饮》中谈到的那个时代，柏拉图转引苏格拉底的话说，从前有三种人，一种是男人，一种是女人，一种是阴阳人。后来因为他们不敬神，引得天神震怒，于是决定惩罚他们。天神不想灭绝人，于是将这些人都一分为二。柏拉图最后总结说："这一切就在人类本来的性格：我们本来是完整的，对于那种完整的希冀和追求就是所谓爱情。"

维柯在《新科学》中也指出了人类迄今经历的三个时代，天神的时代、英雄的时代和凡人的时代，而所谓凡人的时代，就是人从天神和英雄中剥离出来以后的时代了。

上述的寓言和哲学都在陈述一个事实，相对于最初的完整——也就是零的时代——任何当下都是不完整的，碎片的，无根的。这不仅仅是一个现代主义的事实,也是人类诞生以来的事实,被不断剥离的人类只有借助不同的方式一次次重返那种"完整",爱情是一种方式,诗歌也是一种方式。此时此刻存在的一切都是短暂的,分裂的,包括此时此刻写下的诗歌,首先承认这种分裂,拥抱这种分裂,才有可能获得完整。里尔克在著名的《杜伊诺哀歌》里一再强调这一主题,他说现代人的痛苦在于不敢直接地拥抱当下,这造成了现代人的虚无和盲目。我想说的是,不仅要拥抱当下,更要在一种追求完整的希冀中来拥抱和书写当下。这也是我一直执着的生活智慧和写作理念,我曾经在一次采访中说:

大概来说,我所有的诗歌都在维系一种最虚无的个人性和最暴力的总体性之间的一种对峙和对话,这让我的诗歌在美学上呈现为一种暧昧、反讽和哀告。我用这种方式挑战我们这个时代的"假大空"以及一切的精神奴役。在通往真理和自由的道路上,诗歌是我的利刃,伤心伤城,伤人伤己。

时代的假大空和精神奴役正是要阻断我们通

向"完整"和"自由"的路,将我们隔绝为一个个虚假的自我,从而阻碍真正的精神实现。诗歌应该打破这种隔绝,在基本的写作伦理上,应该反对如阿兰·巴丢所言的"报告文学式"的写作,从"完整"思考"分裂",而不是从"分裂"思考"分裂"。在一种理想的状态中,它指向的是孔子所言的"与天地合其德"的生命状态,或者如徐梵澄所言的瑜伽状态,"是上帝与自然的合一"。不过这样的上帝和自然,也基本上等同于诗。

三

"三"并非"三",即"三"不是确定的3,而是一个虚数。"三"与万物其实是一个同构的关系。"三"就是万物。我曾经写过一首截句诗,只有两行:

万物生长

何曾顾及他人的眼光?

如此说来，"三"就是全部世界。艾布拉姆斯从分析科学的角度将文学划分为四大部分：世界；作家，作品，读者，并认为每一组关系代表了一种分析模式。这显然还是技术主义的思维。当我们说"三就是世界"的时候，其实意味着这样一种认知：世界、作家、作品、读者、自我、语言、观念……等等，都同时性地存在于此时此地。这是一种空间性的思维而非一种时间性的思维。从文化的角度看，这更是一种倾向于东方文化的思维而非西方文化的思维。根据瓦尔特·米尼奥罗的观点，在十六世纪之前，印加帝国、伊斯兰帝国、中华帝国和欧洲各国同时拥有自己的文化、语言和观念，但是在地理大发现之后，随着欧洲对全球的殖民，欧洲文化成为一个统治性的文明，并以此建立了文明的等级和优劣。

我不太清楚其他语种的情况，至少在中国现代汉语诗歌的写作中，来自欧洲的文化、观念和经典作家作品一直构成巨大的影响焦虑。现代汉诗已经有一百年的历史，这种焦虑好像并没有减少多少。在这种情况下，现代汉诗"习得"的气质一直非常明显，几乎在每一个诗人的背后，都或多或少有着一位或者几位西方诗人的阴影,我想要强调的是,之所以说是"阴影",恰好就是为了说明这些阴影是"习得"的,而并没有成为前文提及的那个"完整"的自我的一部分。也就是说,这些"阴影"不是一种自我内中生成的产物,而是一个客观的面具化的存在,它外在于我们的文化和我们的心灵。个中的缘由,大概有二点,第一是中国的诗人还活在一种进化论的世界观中,将欧洲文化和相关的写作视为更高的等级,以"习得"的心态和姿态去创作,并没有真正理解欧洲的文化;第二点是,中国的诗人对自己本土的传统和文化同样了解得不够深入和全面,同时又受制于分裂的现实语境,因此无法在内中构建起有效的文化有机体,去与欧洲文化进行平等对话,以及在此基础上互通有无。荣格曾经指出,如果要摆脱欧洲观念的痼疾,必须借助东方文化,但前提是必须深入理解欧洲观念和文化。同理,任何一个诗人,都必须深入理解本土文化,才有可能平等地接受他者文化,并真正生活在一个"三"的世界中。

出于上述考量,我提出一种"对话诗学"。对话诗学的意思是,在文化上反对一种单一性的霸权主义的文化态度，在诗学上避免一种单一性的陈述，在经验上尊重不同他者之间的差异。施特劳斯在1940年代曾经指出"现代重新回到了一种野蛮状态"。这种野蛮其实是单一性造成的野蛮。此时此刻我们似乎有重新堕落一种野蛮状态的危险，世界和自我也因此分裂为更复杂的质素，在这样的语境中，强调"对话诗学"并以此来激活新的创造性力量，让诗歌从敌对的二元论和"直线论"中逃逸出来，成为从"零"到"零"的无穷的曲线，这是我的一个大胆且美丽的设想。借此，我不仅收获诗歌，更重要的是，我可以收获一个智慧整全的人性。

零

最后还必须回到零。在"三"之后，四、五、六……基本上失去了哲学意义，它们充其量不过是"万物"的变体。"零、一、二、三、零"——如果用一个弧线来表示的话，这个顺序又恰好是一个圆（0），在象形的意义上接近于零，其圆周，则正好是一个曲线而非直线。伽利略在1641年给福尔图尼奥·利塞蒂的一封信中说：

> 但我真诚地相信哲学之书是那本永远打开在我们眼前的书；但是他的文字符号有别于我们的字母，所以不是每个人都能读懂：这本书的符号，就是三角形、正方形、圆、球体、圆锥和其他数学图形，它们都最适合于这样一次阅读。

卡尔维诺由此提出疑问说，"圆和球体也许是最高形象"。在伽利略和卡尔维诺看来，宇宙的秩序其实类似于一张字母表，而以"圆和球体"构成了这张字母表的"最高贵的形式"。

$$"圆 = 球体 = 零"$$

这是我由此推导出来的一个公式。在这个公式里，绝对的零就是绝对的圆也就是绝对的球体，这里有一种"零的绝对性"，这一绝对性充满了可能，用数学家理查德·韦伯的话来描述就是：

任何数字（包括零本身）加上零，它的大小不会改变。不论多么大的数，只要乘以零，便立刻坍缩至零。而真正的噩梦，是用一个数去除以零。

除以零乘以零，其后果都是坍缩为"虚空"（sunya），但"sunya"并不是"nothing"，在"sunya"里是自我归于"一"以后的无限可能性。我曾经写过一首诗歌《世界等于零》，最后几句是：

> 每一句话说出你，舌头卷起告别的秘密
> 你采一朵星辰的小花插在过去的门前
> 愿我们墓葬之日犹如新生
>
> 我来过又走了
> 世界等于零。

世界等于零，也就是说世界重新敞开，并获得了零一样的无穷的生命原力。

图书在版编目（CIP）数据

世界等于零/杨庆祥著. -- 上海：上海文艺出版社，2021
ISBN 978-7-5321-7787-5
Ⅰ.①世… Ⅱ.①杨… Ⅲ.①诗集－中国－当代
Ⅳ.①I227
中国版本图书馆CIP数据核字(2020)第257794号

发 行 人：毕　胜
责任编辑：谢　锦
装帧设计：顺美设计工作室

书　　名：世界等于零
作　　者：杨庆祥
出　　版：上海世纪出版集团　上海文艺出版社
地　　址：上海绍兴路7号　200020
发　　行：上海文艺出版社发行中心发行
　　　　　上海市绍兴路50号　200020　www.ewen.co
印　　刷：上海盛通时代印刷有限公司
开　　本：889×1194　1/32
印　　张：6
插　　页：6
字　　数：85,000
印　　次：2021年9月第1版　2021年9月第1次印刷
I S B N：978-7-5321-7787-5/I.6185
定　　价：56.00元
告 读 者：如发现本书有质量问题请与印刷厂质量科联系　T：021-37910000